Je t'aime

Je t'aime

Lola Gottrand

À mes sentiments échoués, à mon souffle dissipé...

© 2023, Lola Gottrand
Illustration : © 2023, Pellerin-Escudero, Mathias
Édition : BoD – Books on Demand, info@bod.fr
Impression : BoD – Books on Demand, In de Tarpen 42, Norderstedt (Allemagne)
Impression à la demande
ISBN : 978-2-3224-7160-7
Dépôt légal : juin 2023

Prologue

La chute

As-tu déjà traversé une rivière ?

Tu sais ? Elles sont de celles que l'on pense pouvoir traverser sans douleur et s'en sortir indemne, retenant uniquement le somptueux paysage que nous offre cette traversée.

On pense être assez fort pour contrer le courant, que nous sommes assez lourds pour qu'il ne nous emporte point. Mais la vérité, et on le sait bien, c'est qu'une telle rivière ne peut offrir qu'un courant plus tumultueux encore que sa beauté et que, malgré toutes nos compétences, tous nos efforts, tenter de le battre serait vain ; traverser une rivière n'est pas un combat contre son courant, mais c'est s'attendre et apprendre à se faire emporter.

Il m'arrive de regarder les gens avec envie, quand je vois la facilité avec laquelle certains traversent des rivières, et les enchaînent même ; mais ces gens-là ne prennent pas la peine d'admirer la beauté de ces rivières, ces gens-là ne les apprécient pas à leur juste valeur, ils les voient seulement comme des défis à relever. Je me rappelle soudainement, dans ces moments-là, que je suis capable au moins de contempler la vraie beauté d'une rivière, mais ça n'a pas toujours été le cas.

Nous ne nous sommes pas encore présentés, et je pense qu'il sera, si tu me le permets, plus que nécessaire de te connaître. Je m'appelle – *une voiture klaxonne* – mais tu peux m'appeler Ciel. J'aime le *ciel*, j'aime le contempler ; quand je ne sais plus qui je suis et que je me perds, je lève les yeux et vois le ciel, parsemé de multiples petits nuages tout à fait à leur place, puis je me sens bien. Je ne vais pas m'attarder là-dessus. Et toi, quel est ton nom ?

Tu sais, je ne suis pas quelqu'un d'important. Oui, j'ai des amis, des gens me voient et j'ai une famille. Mais je ne parle pas de juste percevoir quelqu'un, je parle de l'observer, de le comprendre et, en cela, comme personne ne m'observe, je ne suis pas quelqu'un d'important. Et toi, quelqu'un t'observe ? Les gens te voient ou te perçoivent ?

J'en ai lu, des romans d'amour. J'en ai lu, j'ai vu des films, je m'étais imaginée mes histoires par centaines dans ma tête. La vérité, c'est que ce n'est pas la même chose. On te le dit, on te le répète durant toute ton enfance.

L'amour ce n'est pas comme dans les films.

Ah, je sais maman, je sais.

Mais pourtant je ne sais rien, personne ne peut prétendre détenir la vérité sur l'amour, et celui qui ose dire le contraire n'a jamais aimé, ou n'a jamais aimé l'amour. On peut se créer mille scènes dans la tête, ce ne sera jamais pareil.

L'amour n'est pas constant, il ne peut être deux fois la même chose.

On pense alors – à tort – que l'on peut l'apprivoiser, comme un cheval de rodéo que l'on peut soumettre à notre volonté à l'aide de la force. Si tu savais comme je regrette de l'avoir sous-estimé. Je pensais être intouchable, mais plus l'on se pense intouchable, plus l'on est vulnérable. Si tu savais tout ça. Je t'ennuie peut-être à parler, mais il faut que je parle, il faut que tu saches.

J'ai beaucoup de remords, j'ai tellement raté. Autant dans des situations, avec moi-même et avec d'autres gens.
As-tu déjà entendu parler de l'auto-sabotage ?

C'est un comportement qui consiste à foirer tout seul les choses qui nous rendent heureux. On ne sait pas pourquoi, on a peur d'être heureux peut-être, peur de rater, peur du changement.
Le tumulte des rivières peut parfois nous surprendre.

L'amour est une des plus grandes leçons que la vie peut nous apporter, et il faut l'écouter quand elle parle. Je sais que c'est dur, mais crois-moi, si tu ne l'écoutes pas, tu répéteras sans arrêt les mêmes schémas, tu seras pris dans des courants sans fin, des tourbillons desquels tu ne pourras plus sortir.

S'il-te-plaît, écoute-moi. Je sais que tu as peut-être été blessé dans le passé, que tu as subi des douleurs atroces, que tu t'es senti trahi et que tu n'as pas envie d'écouter. Tu ne me crois pas n'est-ce pas ?

J'ai aussi été trahie, j'ai aussi souffert de l'amour, mais j'ai aussi provoqué, malgré-moi, la souffrance ; tu le découvriras bientôt ; chaque sensation est différente, je ne peux pas comprendre ce que tu ressens, mais je peux imaginer.

Je regrette d'avoir blessé, mais je regrette évidemment d'avoir été blessée.

Tu vois le problème, je ne savais pas, d'où l'importance de savoir un minimum.

Ce n'est pas top comme première rencontre, je le conçois. J'aime le romantisme, mais avec toi je préfère jouer la carte de la sincérité. Tu m'as l'air d'être quelqu'un de compréhensif, d'intelligent, et d'être une personne intéressante, j'ai envie de te connaître ; j'ai envie de partager ces moments de sincérité avec toi.

Je vais te raconter comment j'ai traversé deux rivières particulières.

Comment j'ai aimé.

Temps 1

Défaite

Quand j'étais plus jeune, je pensais ne jamais pouvoir aimer, avoir un *cœur de pierre*. J'ai souhaité si fort pouvoir aimer, mais à ce moment, lorsque ma prière s'est exaucée, je l'avais oubliée.

J'avais oublié cette prière.

Je n'avais pas compris que mon premier amour était arrivé.

J'étais seule. Je voyais les gens autour de moi. Quand je ne les voyais pas, je n'étais pas inquiète. Je voulais me précipiter. Une jeune fille qui n'avait jamais aimé, qui n'avait jamais été aimée, quel était son souhait, à ton avis ?

Une jeune fille qui était déjà l'objet de désirs, alors qu'elle ne savait guère comprendre ces désirs, à quoi pouvaient-ils s'apparenter ? J'avais conscience de pouvoir plaire à présent, même si, quand je n'avais rien de physique pour plaire, je n'attirais personne.

Oui, je suis une fille, mais quelle importance ?
J'ai envie de discuter avec toi, de te connaître.

Je n'étais plus si jeune que ça, pourtant j'étais trop jeune pour comprendre ne serait-ce qu'un tant soit peu l'amour.
Quand je l'ai rencontré, c'était une personne comme les autres, mais avec néanmoins quelque chose de différent. Quand je l'ai rencontré. C'était compliqué à expliquer. Je n'étais pas tombée amoureuse, il me plaisait, c'est tout. C'était comme un océan d'émotions qui se brouillaient, j'avais du mal à les discerner, je ne connaissais pas avec clarté la nature de ce que je ressentais pour lui. Il se pourrait que ce n'était rien. Rien de tout ce que j'avais déjà connu, c'est sans doute pour ça que je ne comprenais pas. Ainsi, m'est apparue la première rivière de ce type, et j'avais hâte de la découvrir, bien que j'avais peur de m'y noyer.
Je nageais avec facilité, mais de manière non constante. Un jour, j'avais envie de nager de toutes mes forces, et l'autre je ne voulais plus faire aucun effort. Et lui ? Il était sûr de lui, il nageait comme il le pouvait, il nageait bien.
Au début, tout était basique, les conversations, les visages, les amis, l'entourage, les problèmes :

« – *Tu vas bien ?*
– *Ça peut aller, et toi ?*
– *Oui, très bien* »

Puis, ça se complique :

« *– Tu n'as pas à t'inquiéter, je t'assure*
– D'accord, si tu le dis »

(Il avait raison sur ce coup. Mais l'amour rend aveugle, c'était bien trop pour mes faibles petits yeux).

Ainsi une seule faute se présente, et tu prends chaque acte suivant pour une nouvelle faute.

Et tout s'enchaîne.

Tout sans exception.

Tu n'arrives plus à t'arrêter.

Tu penses, et tu penses encore jusqu'à ce que la nuit emporte tes derniers songes.

Ce garçon-là m'a pris la main et m'a dit « viens, je vais te montrer comment est le monde ». Et c'est là que j'ai commencé à l'apprécier fortement et, peu à peu, à voir de la lumière en lui qui scintillait avec une force incommensurable.

Il m'a dit « tu sais, le monde n'est pas tout gris ».

Et il avait raison, le monde n'est pas tout gris.

Malgré tout, j'avais l'impression d'effectuer un marathon aquatique sans la combinaison adaptée. Je ne me sentais pas à l'aise, non pas avec lui, mais avec moi. Les seuls moments où je me sentais assez recouverte pour que mon corps hideux ne soit plus visible, c'était dans ses bras, je ne me sentais plus seule.

Ce n'est peut-être pas la meilleure des choses de parler de ça pour notre première rencontre, tu ne trouves pas ? Ah, je le sais bien, je te demande pardon..

J'étais fragile, mais je ne le savais pas.

Il était sensible, mais je ne le savais plus.

J'étais tombée amoureuse. Oui, j'avais réussi cet exploit, mais à quoi bon réussir une telle chose lorsque nous ne sommes pas au courant de cette victoire ?

Comment j'étais censée faire, à devoir gérer une telle chose ! Dis-le moi, toi. J'ai perdu ce que j'avais gagné, je n'ai su apprécier ce que j'avais à sa juste valeur.

Oui c'est triste. J'en suis consciente. Les événements s'étaient enchaînés tellement vite, je n'ai rien vu venir, je n'ai rien su prévoir, ils ont pourtant été causés par ma faute, en partie. J'ai découvert la chaleur des bras d'une personne qui nous aime pour la première fois, je me sentais bien, je me sentais exister ; car pour la plupart, on ne se sent exister que quand quelqu'un nous permet d'exister, donne de l'importance à notre existence, c'était mon importance.

Mes paroles sont superflues, et mes mots sont confus, je le sais bien.

On m'a donné un cœur, je l'ai pris, je l'ai regardé, je l'ai aimé, et je l'ai détruit sans raison.

Sans m'en rendre compte, j'avais en même temps détruit mon cœur dans l'autre main.

Je suis désolée.

Mes instants les plus vivants étaient avec, je l'ai su après.
Mes moments de faiblesse étaient avec, je l'ai su après.

Je vais d'avant en arrière, je ne peux te l'expliquer calmement. Tant de philosophie dans une âme blessée, n'est-ce pas ridicule ?

Mes instants de bonheur ont été gâchés par mon mental, le sien m'a rendu la pareille. Il m'a englouti dans son tourbillon, j'étais redevenue seule, isolée, on ne pouvait pas m'aider ; qui serait assez fou pour aller se jeter dans un tourbillon pareil pour sauver une seule personne ; quelqu'un qui n'est pas important.

Quand tu souhaites te baigner, il faut savoir nager, tout le monde le sait, mais l'océan est imprévisible, et on ne sait pas quel coup il décidera de nous jouer cette fois-ci, même en étant champion olympique de natation, on s'y noierait.

Le courant est bien trop fort.

L'hypothèse d'une simple envie, de quelque chose de si réel qu'il agit partout, continuellement, n'est-elle pas folle ? N'est-il pas fou pour un Homme de penser être stable dans une influence perpétuelle, capable de nous rendre pire ou meilleur, isolé ou comblé ? Le ciel bleu me paraissait pourtant immuable, ce jour-là. À trop lever la tête, j'ai oublié l'existence des vagues. Des vagues hautes. Si immenses qu'elles allaient me projeter si fort que mon corps s'en serait brisé. Au lieu de ça, mon cœur a été touché.

Les rivières et les océans ne sont-ils pas semblables ?

Lequel est le plus dur ? Peu importe, ils ont tous les deux le même piège : le courant.

Oui, il est dangereux, mais tu dois néanmoins te laisser emporter par lui. Sinon, tu lutteras sans cesse et au lieu de traverser, de visiter, de voyager, de ressentir comme il pourrait t'emporter, tu mèneras un combat absurde contre la rivière dans laquelle tu t'es toi-même jeté. Consciemment ou pas.

Vois-tu, si tu te débats dans la rivière, jamais tu ne verras le bon côté, jamais tu ne pourras l'apprécier pour ce que c'est. Tu seras nourri de rancœur, d'inquiétude et à la fin, de lassitude, et crois-moi, elle arrivera rapidement. Si tu ne cesses de te débattre, tu seras à bout de force, la moindre petite secousse t'endommagera triplement par rapport à avant. Remarque plutôt comme le courant peut t'aider à avancer plus rapidement si tu lui fais confiance, quand tu te poses sur le dos sans voir en dessous de toi, et que tu contemples le ciel.

Je suis mal placée pour parler, je sais, ce n'est pas ce que j'ai fait. Mais c'est par expérience que je t'en parle.

Pour toi, pour t'aider.

Ou pour que tu me comprennes.

Peut-être que j'ai juste besoin d'en parler à quelqu'un.

J'espère que ça ne t'ennuie pas trop.

J'ai alimenté cette rivière des larmes de mon être. J'ai provoqué les écoulements tumultueux. J'ai provoqué le déchaînement.

Si tu savais comme je le regrette.

Mais il est trop tard. Cependant, jamais je n'oublierai.

Est-il même possible d'oublier pareille chose ?

Quand on se retrouve face à l'échec, et que l'on se remémore comme la participation était agréable, on essaye de retrouver ce sentiment dans chaque petite chose.

Oui.

Et si… et si par la suite, on pense traverser aussi facilement cette rivière que la précédente, que l'on essaye de refaire le même voyage, de retrouver les mêmes sensations, de ressentir les mêmes émotions, mais en vain.

Peut-on se bercer d'illusions. Peut-on croire s'en sortir, alors que la vérité est tout autre, alors que l'on est las du courant. De celui-ci en particulier. Chaque molécule d'eau qui nous porte nous absorbe chaque seconde un peu plus. Elles rendent notre corps plus lourd. Notre cœur plus fatigué.

Le cours de la rivière, son état, sa composition, son amplitude, sa longueur ; tout cela dépend du temps. La météo est si changeante, un temps maussade gouverné par la pluie. Un temps vide, creux, embué d'une épaisse couche de brouillard, un temps heureux, passionné – *peut-être trop* – guidé par le soleil, qui risque d'assécher la rivière à trop y plaquer ses rayons.

La rivière doit être nourrie de pluie. Pas trop.

De soleil, mais pas trop.

Il faut réussir à trouver un juste milieu.

Ce qui est magnifique, c'est que l'eau est un élément incroyable. Tu peux y observer ton reflet. Tu peux faire une constatation de ce que tu es, ce que tu dégages. De ce que tu ressens, et de comment tu vas.

Je sais aussi que cela peut paraître, parfois, effrayant.

Mais n'est-ce pas tout le principe finalement ?

La peur est indispensable pour survivre, pour apprendre, pour oser. On ne peut prétendre oser si l'on ne prétend pas craindre.

Oui, j'ai crains les rivières.

Autrefois, je craignais de les traverser, de plonger mon corps peu à peu dans cette eau qui me semblait si glacée. Du contact de ma peau avec ces gouttelettes qui s'y déposaient doucement.

Maintenant, je crains d'apprécier tellement cet échange, de me laisser emporter et voir jusqu'où elle pourra cette fois m'emmener, d'aimer le réconfort que la rivière peut apporter lorsque l'eau enveloppe notre corps entier, que je n'aie plus envie d'en ressortir.

C'est vrai ça, comment est la vie lorsque l'on sort la tête de l'eau, et que l'on arrête de vouloir plonger pour retrouver la même sensation qui devient notre bulle, notre zone de confort à nous ?

Et bien, c'est en réalité assez complexe. Nous avons besoin d'eau, autant que nous avons besoin d'air, mais attention à ne pas trop prendre de l'un et se priver de l'autre.

L'humain a besoin d'être seul.

De se sentir seul.

C'est normal.

Mais il a aussi besoin de compagnie, quelle qu'elle soit.

Que se passe-t-il quand traverser une rivière est meilleur dans nos souvenirs ?

Tu vois ce que je veux dire ? Quand tu deviens nostalgique d'une rivière que tu as naguère traversée.

Des regrets ? Sans aucun doute.

Beaucoup ? Autant que je le pourrais.

Tu en as, toi, des regrets ?

Es-tu nostalgique d'une rivière, et si oui, comment elle était ? Plutôt sombre, plutôt claire, un tant soit peu tumultueuse ou alors très calme. Ou pour finir, un vrai ouragan faisait sans cesse mine de passer au-dessus ?

En réalité, les regrets se sont apaisés avec le temps. Pourquoi ? Parce que j'ai compris, tout simplement.

Oui, effectivement, une jeune fille qui n'avait jamais aimé.

Comment aurait-elle pu savoir comment faire ?

L'amour est imprévisible, il vous tombe dessus comme ça, sans aucune explication. Mais si la jeune fille n'était pas prête à traverser sa première rivière ? Même si elle en mourrait d'envie, il y a un temps pour tout, ce n'était pas le bon moment. Alors elle a commencé à y entrer tout doucement, mais se sentait néanmoins très gênée par la froideur de l'eau.

Une sensation de malaise constant à la moindre vague.

Voilà ce que c'était. Je n'ai aucun regret, car je n'y pouvais rien. Ce n'était pas ma faute.

Avant de commencer à nager, il faut apprendre. Je n'avais rien appris, car je n'étais pas de ceux qui s'intéressaient à ces sujets, avant d'y avoir été confrontée.

Temps 2

Battements

Dis-moi, sens-tu ton cœur battre ?

Je peux entendre le tien en ce moment même. Il bat plutôt vite, es-tu stressé en ce moment ? C'est étrange tout ça.
En tout cas, tout va bien, rassure-toi. Ici, tout est OK. Tu es dans une *safe place*. Enfin, j'espère que c'est ce que tu ressentiras.
J'aime bien te parler, tu ne t'en rends peut-être pas compte, mais tu es une oreille attentive.
Si jamais tu en as besoin, pose-toi cinq minutes voire plus et prends le temps de respirer. Tu peux manger un truc si tu veux, et d'ailleurs, j'adore les cerises si jamais.

C'est curieux le cœur non ? C'est sans doute l'organe le plus connu mais il est si complexe.

Oui, d'un côté c'est l'organe qui nous permet de vivre grâce à sa fonction biologique, bondé de sang, qui bat ; de l'autre c'est celui qui nous fait vivre en le donnant à quelqu'un. C'est celui qui nous fait tomber amoureux.

Qui a raison, qui a tort dans la façon de dessiner les cœurs ? Un débat qui scinde deux types de personnes, mais ça, je suis sûr que tu le sais déjà.

Je sais que mon cœur bat encore, je le sens. Mais pour quelqu'un, je ne pense plus. Il bat seulement pour me maintenir physiquement en vie. Il prend soin de lui tout seul, même si j'essaye de faire de mon mieux. Affectivement ? Un trou béant. Il fait noir, et j'avoue que même moi je n'y vois pas grand-chose. Il faut dire que j'ai été bien trop épuisée d'avoir traversé mes deux rivières.

Surtout la dernière.

Cependant, c'est un autre sujet dont je te parlerai plus tard.

Un essoufflement sans fin où chaque expiration doit se faire de plus en plus fréquemment pour survivre, mais qui est à chaque fois plus courte que la dernière.

Ce n'était plus une rivière que je traversais mais un exercice d'endurance dans un vaste océan sans fin.

Ce n'est guère le moment.

Des gouttes ruissellent en grand nombre sur les vitres.

Il pleut.

Fais attention à ne pas finir trempé par les larmes des nuages. Ils sont visiblement beaucoup à être meurtris aujourd'hui.
Le soleil s'estompe.
La flamme se glace.
La passion se calme.
Tout retombe dans un silence pesant, auquel je ne suis pas habituée.
Que se passe-t-il quand la traversée s'arrête d'un coup ?
On s'en trouve frustré. Détruit même.
Surtout lorsque l'on s'était mouillé tout entier et que l'on avait fini par plonger après avoir vaincu sa peur. Se préparer à quelque chose pour qu'il nous échappe, échappe à notre contrôle et à notre volonté.
Mais ce n'est pas seulement la frustration de ne plus rien contrôler.
C'était, plus encore, mon cœur qui se noyait sous l'eau plus étouffante que jamais.
Oui, j'avais aimé si fort. J'aime encore de la même manière.
L'amour dure trois ans hein ?

« *Loin des yeux, loin du cœur* »

Et bien même après avoir été lâchée seule, après ces années, ces mois.

Tant de mois.

Et bien même après tout ça. Si, finalement, l'eau qui s'écoulait encore sur ma peau en quittant la rivière n'avait toujours pas séchée ?
Elle demeure rougie par la perte.

Que faire dans ce cas-là ?
Attendre ? Souffrir ? Souffler ?
Ne rien faire.
C'est finalement la meilleure des solutions.
On vit avec ce souvenir, chaque jour. Un bon souvenir. Parfois, nos rêves nous le rappellent davantage. C'est, alors, soit douloureux, soit agréable.
Tout dépend du sens dans lequel on observe les choses.
Traverser des rivières. C'est dangereux. Mais c'est aussi enrichissant d'une certaine manière. J'ai compris qu'il ne fallait pas craindre cela, malgré les chutes. Si une noyade se déroule sous nos yeux, n'aurions-nous pas peur de retourner à l'eau par la suite ? Bien sûr que si, c'est évident et je le comprends.
Mais, parfois, des événements malheureux arrivent. Il en arrive tous les jours. Des gens meurent rien qu'en marchant dans la rue quand tu y penses ! *Si l'on s'empêchait de vivre par crainte qu'il nous arrive quelque chose de malheureux...*

C'est pareil pour les rivières. C'est pareil pour l'amour.

Tu ne peux t'abstenir de vivre tes émotions comme tu les ressens sous peine de risquer d'en souffrir. Tu en souffriras à un moment donné, mais tu pourras aussi te relever et vivre par la suite ton bonheur le plus intense.

Vis tes sentiments, et vis-les à fond. N'oublie jamais de ressentir. Il faut toujours ressentir, c'est important. Moi, ça me donne l'impression de vraiment vivre.

L'amour c'est aussi réaliser. Comprendre. Se rendre compte que l'*as de cœur* est peut-être finalement la meilleure des cartes du tarot.

Est-ce que tu joues au tarot ? Quelle est ta carte préférée?

Raconte-moi un peu, quels sont tes meilleurs souvenirs ? Ceux qui te font vibrer instantanément.

Tu es là pour moi, et moi, je suis là pour toi.

C'est ce qu'on pourrait appeler des amis ?

Au fait, quel est ton élément préféré ? L'eau, l'air, le feu, ou encore la terre. Je serais curieuse de savoir, ça m'aidera à mieux te connaître encore.

Je pense que le mien, tu l'as déjà deviné.

Tu sais, je me demande si toutes les personnes auxquelles je pense, une personne en particulier à laquelle je pense, m'écoutera un jour. Je me demande si elle tombera sur moi un jour. Si je frapperais ses pensées.

Finalement, que ce soit le cas ou non, ça m'importe de moins en moins. Je n'y pense presque plus.

C'est vrai, depuis que l'on parle ensemble, je ne pense plus à tout ce qui entravait le présent. En fait, quand je te parle, j'ai l'impression de voir dans le futur, et de respirer dans le présent.

La pluie semble se calmer.

Si on m'avait dit que j'allais faire ta rencontre un jour, je n'y aurais pas cru.

C'était ma première découverte de l'amour.

Temps 3

Analyse

Que penses-tu des tourbillons d'eau ?

Ces choses qui t'entraînent dans un cheminement de folie jusqu'au bout de nos cauchemars, un environnement illisible, invisible, irrespirable, incompréhensible.
Tu étouffes de plus en plus, jusqu'à anticiper ta propre mort, jusqu'à déjà voir le bout du tunnel.
Tu sais ce que ça me rappelle ? Nos pensées. Les phrases qui fusent sans arrêt dans notre tête.
Celles qui nous bercent de gentils mots.
Celles qui nous soufflent de sombres choses.
Elles sont la source de nos tourments, de nos angoisses, de nos questions, de nos malheurs, mais aussi de nos instants de bonheur.

Elles sont les scénarios qui nous font sourire le matin au réveil, le soir avant de dormir. L'espoir que l'on nourrit jour après jour.

Les merveilleux rêves qui nous accompagnent et nous transportent la nuit. L'autre monde qui nous libère de tous nos fardeaux.

On se demande parfois lequel est le vrai monde, celui qui se coordonne avec ce que tous appellent « le monde réel », celui où les rêves ont visiblement des limites, une fin, et parfois un scénario pré-écrit qui ne nous laisse même pas la liberté de l'imaginer et le façonner à notre goût ; ou alors celui où nous sommes maître de nos souhaits. Où l'expression de nos pensées, de nos peurs et autres ressentis y sont illustrés sans mensonges.

Rien que la vérité.

N'est-ce pas plutôt celui-ci, le « monde réel » ?

Un monde où tout est sans mensonge ? Où nos rêves, nos désirs les plus fous sont réalisables.

Mais est-ce que vivre, c'est avoir tout sans restriction ? Est-ce que ce n'est pas plutôt les obstacles qui font de la vie ce qu'elle est ? Tu sais, ceux dont nous avons parlé tout à l'heure, ceux qui nous font avancer, qui nous permettent d'évoluer. Ainsi, si nous avons besoin d'obstacles, alors le « monde imaginaire » ne doit rester qu'imaginaire en effet.

Qu'en est-il du mensonge ?

Que serait un monde sans mensonge ? Est-ce qu'il serait pour autant plus juste ? Les mensonges dans les relations amoureuses ne sont jamais très agréables, mais sont-ils vraiment tous condamnables ?

Penses-tu que finalement, nous aurions besoin du mensonge ? Il existe des mensonges bénéfiques, qui ont par exemple pour but de protéger quelqu'un, mais je suis d'accord avec toi sur le fait que ce n'est pas le cas de la majorité. Au final, un *vrai monde* ne serait-il pas celui fait d'imperfections par ci par là ?

Dans ce cas, nos rêves seraient un soulagement, notre endroit secret pour se reposer, vivre dans nos envies, mais pas le monde réel.

Je t'ai perdu en route, c'est ça ?

Tu ne vois vraiment pas où je veux en venir ? Parfois, nos désirs ne sont pas réalité, et ne peuvent le devenir sans obstacles. Lorsque tu souhaites traverser une rivière, tu risques de t'exposer à un obstacle, voire plusieurs. Des choses contraignantes peuvent s'imposer à toi.

Et pourtant ? Tu ne dois pas abandonner dès le premier, ni au deuxième, ni au troisième, ni au dixième.

Pourquoi les autres ont eu moins d'obstacles que toi ?

Certainement pas parce que leur histoire est plus légitime d'exister.

Retiens-bien ça.

Tout dépend de ce que toi et l'autre ayez à apprendre, à quel point vous vous êtes avancés dans votre chemin personnel ; mais ce n'est pas parce que tu rencontres beaucoup d'obstacles que tu dois abandonner, que tu ne peux pas traverser cette rivière.

La persévérance.

C'est important de s'en souvenir. Elle porte toujours ses fruits. Et surtout, aies confiance en toi. Ne lâche jamais cette confiance, car s'il y a bien quelqu'un en qui tu peux avoir confiance, c'est bien en toi-même.

N'oublies pas que tu es une mine de ressources, de compétences et de talent.

Tu en doutes ? Pourquoi ?

Si tu ne me crois pas, pose-toi, allonge-toi ou assieds-toi confortablement, et souviens-toi de toutes les choses positives que tu as faites, de tous ces moments où tu as été fier de toi.

Si tu penses que ce n'est jamais arrivé, remémores-toi mieux. Je sais que c'est arrivé, il faut juste que tu t'en souviennes. Même les choses les plus infimes peuvent être une démonstration de talent que tu as.

Si l'on t'a dit le contraire, souviens-toi de ce que je viens de t'affirmer : « *aie confiance en toi* ». Tu es la première personne en qui tu peux avoir confiance.

Moi j'ai confiance en toi.

Je sais qui tu es. Je sais comment tu es.

Je commence à comprendre tes qualités et tes défauts, mais bon sang qu'est-ce que je les aime déjà. J'ai tout de suite su que je pouvais te faire confiance, je l'ai senti immédiatement.

Oui, ces choses-là se ressentent. Même si tu n'arrives pas à comprendre pourquoi, tu le comprendras un jour. Bientôt, j'en suis sûre.

Alors s'il-te-plaît, ne laisse pas tomber. Trouve des solutions. Si cette personne te fait plus de bien que de mal , alors bas-toi.

Ne laisse pas tomber la personne qui fait battre ton cœur. Parce qu'il risque de ne plus battre de nouveau comme ça dans le futur.

Mais attention, ne me fais pas dire ce que je ne t'aies pas dit : Si tu aimes cette personne, que c'est quelqu'un de bien et qu'il t'apporte de bonnes choses. Tout le monde peut passer de mauvais moments, tout le monde a des mauvaises passes, et il ne faut pas avoir le mot « toxique » trop facile. Mais si cette personne est violente, si la rivière est beaucoup trop déchaînée et que le courant est si fort qu'il pourrait te briser les os, qu'il pourrait te noyer en une vague un peu trop forte ou t'entraîner dans les profondeurs contre ton gré, en te faisant croire que ce n'est pas dangereux, alors sors de cette rivière.

Une rivière n'est pas censée être dangereuse. Oui tu peux avoir peur, mais il y a une différence entre avoir peur, et être terrorisé.

Une rivière ne doit pas te paralyser non plus.
Si elle t'empêche d'avancer, c'est que tu vas contre le courant ; qui a raison, qui a tort. Est-ce le courant qui a raison d'aller dans ce sens, ou toi ? Peu importe, si tu souhaites aller dans ce sens, alors vas-y, et si tu es à contre courant, soit tu essayes de comprendre pourquoi le courant va dans ce sens, et tu trouves une raison valable à finalement le suivre, soit tu es sûr de toi et tu vas à contre courant. Attention, dans ces cas-là, tu risques de te fatiguer extrêmement vite ; à toi de voir ce qu'il faut faire.
Sortir de la rivière ?
Retenter de comprendre le sens du courant ?
Attendre qu'il change ?
Seul toi est maître de ce choix. Fais comme tu le sens, mais ne biaise pas ton opinion parce que tu es dérangé de ne pas être dans le sens du courant.
Fais juste attention à ta santé. Traverser une rivière doit être positif, enrichissant et non accablant.

Parfois, tu as juste besoin d'une pause. Sortir quelque temps de la rivière, s'en éloigner et l'observer de plus loin, ou sous un autre angle. Ça ne veut pas dire ne plus jamais y retourner, si ta santé en a besoin, alors soit.

Néanmoins, n'oublie pas que tu dois essayer de te battre au maximum, et que tous les problèmes ont des solutions, même si ce ne sont pas les plus simples.

Tout ce que je te demande, c'est de faire attention à toi, et de prendre soin de toi. Je ne voudrais pas qu'il t'arrive malheur.

Je ne veux pas que tu perdes ce sourire que j'ai pu entrevoir quelques fois depuis le début de notre discussion. Tu es magnifique quand tu souris, tu le savais ? Alors ne t'arrête pas.

Tu as un sourire incroyable.

Tes joues se plissent avec le mouvement.

J'espère que personne n'a brisé un jour ce sourire, même si je connais déjà la réponse.

C'est étrange de se dire qu'un concept aussi abstrait que l'amour peut briser autant, non ? C'est vrai, c'est quelque chose que l'on ne voit pas. Que l'on ne sent pas. Que l'on n'entend pas.

Et pourtant, cette chose a le pouvoir de nous détruire plus que quiconque.

Sommes-nous si faibles que cela pour succomber si facilement à l'amour ? Pour tomber à genoux et laisser le sort nous emporter devant les tréfonds d'une averse sans pareille ?

Est-ce l'humain qui est trop faible, ou l'amour qui est trop fort ? En effet, nous n'en comprenons la puissance qu'une fois que nous sommes touchés.

Certains ont même un nom pour le décrire : *la maladie d'amour.*

Serions-nous, au final, malade ? Mais qui signifie malade, signifie besoin d'une guérison. Et, je ne pense pas que l'amour se guérisse. Je pense qu'il se comprend, qu'il se transforme, qu'il s'admire, qu'il s'émancipe, qu'il s'alourdit ou au contraire s'allège, qu'il s'intensifie ou se dissipe.

Alors non. Je ne pense pas qu'il se guérit.

Pourtant, on parle aussi de *remède* à l'amour, tu n'es pas d'accord ? Est-ce une si mauvaise chose que d'être vulnérable au point de ressentir des choses qui nous amènent jusqu'au Ciel ? Qui nous font traverser les nuages, nous embrumant de leurs corps ? Pourquoi faudrait-il y trouver un remède ?

Si tel était le cas, alors quel serait-il ? L'amitié ? Une quelconque addiction, prendre du temps pour soi, l'adrénaline, ou encore regarder Bridget Jones un pot de glace à la main ? Ou un autre amour ?

Si tu penses que le remède pourrait être une de ces solutions, je vais te montrer pourquoi tu as tort. Loin de moi l'idée de vouloir te contrarier, mais malgré tout ce que tu as pu vivre, je ne veux pas que tu penses l'amour comme un fléau.

Pour commencer, l'amitié est une forme d'amour, le remède de l'amour serait donc l'amour lui-même !

Une addiction n'est pas de l'amour, mais plutôt une obsession malsaine, alors la maladie serait plutôt l'addiction que l'amour, dans ce cas, c'est un remède à l'addiction qu'il faut trouver, et non à l'amour.

Prendre du temps pour soi ? Oui ! Pourquoi pas, c'est nécessaire, et d'ailleurs, j'espère que tu penses à en prendre de temps en temps, tu le mérites ! Mais, cela revient au même, c'est de l'amour envers nous-même que de prendre du temps pour soi. Quant à la proposition suivante, elle nous ramène au temps pour soi, encore une fois. Ou un autre amour.

La seule conclusion que je vois-là, c'est que le seul remède à l'amour pouvant exister, c'est l'amour.

Alors l'amour a-t-il vraiment besoin d'un remède ?

Tu comprends maintenant ?

Pourquoi l'amour n'est pas une fatalité, mais une merveilleuse aventure ?

J'espère que tu le prends de manière un peu plus positive, et si c'est un tant soit peu le cas, alors j'ai réussi ce que je voulais faire.

J'ai réussi ma mission.

Je commence vraiment à beaucoup tenir à toi, c'est étrange. Je ne pense pas avoir déjà ressenti semblable sentiment.

Traverser une rivière, c'est un acte puissant ; qui n'est pas anodin.

Ainsi, j'ai redécouvert l'amour sous un autre angle, et j'ai appris à sortir d'une rivière au courant trop fort.

J'ai descellé les travers d'un amour non réel.

Temps 4

Horloge

J'ai toujours rêvé qu'on me prenne dans ses bras et qu'on me dise tout bas, que *tout ira bien*, que *nos moments sont éternels*.
C'est vrai. Quand nous sommes avec la personne que l'on aime, les moments sont intemporels. Et surtout, on ne voit pas le futur sans elle.
Elle devient notre futur.
Les temps passés avec deviennent infinis, car ils ne s'arrêteront jamais.
Enfin, du moins, c'est ce que l'on pense.

Tiens, donne-moi ton avis : penses-tu que l'on peut vivre une histoire de manière intense si l'on en anticipe déjà la fin ?
Pour moi, le secret, ce serait de ne jamais anticiper. De ne jamais penser à la séparation, au moment où la rivière nous coupera son courant, et de rester dans le moment présent, comme

si celui-ci allait durer éternellement. Mais je sais ce que tu vas me dire.

Comment peut-on se protéger alors ?

Il est vrai que si nous avons déjà souffert d'une séparation, nous pouvons tenter de nous protéger de la prochaine. On essaye en quelque sorte de la vivre une première fois, pour que le jour où elle arrive, elle nous fasse moins mal. En réalité, on se pollue l'esprit à anticiper une séparation que nous risquons nous-même de provoquer par nos peurs, qui rendront la vie infernale à notre partenaire.

Oui, nos peurs, on ne peut les supprimer d'un seul coup. Nous n'en sommes pas vraiment maîtres.

Et pourtant.

On peut choisir de les vaincre, mais il arrive que parfois, elles nous bouffent de l'intérieur, et que ce soient elles qui nous maîtrisent.

Être esclave de ses peurs, c'est quelque chose d'assez indescriptible, mais qui est pourtant connu de beaucoup de personnes. Je suis sûre que tu l'as déjà vécu au moins une fois.

Sauf que quand ces peurs sont le reflet de blessures telles que l'abandon, l'infidélité ou trahison en tout genre, la toxicité, ou les traumatismes liés à des actes de violences, elles sont difficilement maîtrisables, surtout lorsque l'on aime son partenaire. Parce que oui, lorsque l'on aime, on ne veut pas qu'il soit comme les autres. On ne veut pas qu'il parte, qu'il nous abandonne, qu'il nous trahisse. On veut que cette personne que l'on aime soit celle qui nous rendra heureuse, toute notre vie. On veut qu'elle reste la source de notre bonheur.

Par exemple, à force d'avoir peur que notre partenaire parte, nous allons avoir tendance à trouver des signes partout, à psychoter. Si ces signes ne sont pas réels, alors le partenaire risque de se sentir blessé car il le prendra comme un manque de confiance.

La suite ?

Il sera agacé. Il s'éloignera pour avoir un peu d'espace et prendre de la distance avec la source de ses contrariétés. Et toi dans tout ça ? Cela t'atteindra plus que jamais, empirera la situation, et mènera à la rupture.

Il faut faire attention à notre cœur, certes, mais aussi prendre en compte ceux des autres.

Ne pas être prêt à aimer, c'est une chose, mais détruire l'autre, inconsciemment ou non, c'est une erreur à ne pas faire.

Ne fais jamais la même erreur que moi.

« *Oublier en trois mois* », c'est ça ? Pourtant, comment expliquer que, si l'amour dure trois ans, et que loin des yeux c'est être loin du cœur, après plus de deux ans sans le voir rien n'a changé.

Rien n'a absolument pas changé. Toujours les mêmes envies, toujours le même amour, toujours la même sensation en revoyant ses traits.

Comment l'expliquer ?

Bordel, mais parce que c'est ça l'amour.

« Le seul remède c'est le temps », or si l'amour est éternel, mais que le seul remède à l'amour est l'amour lui-même, nous en revenons à la même réponse, il n'y a pas de remède car c'est une des plus belles choses au monde. Évidemment, c'est ma vision du monde, ma vision des choses. Je comprends que tu ne partages pas le même point de vue. Chacun a son opinion, forgé par nos expériences, notre passé, nos craintes et nos envies.

La première rivière que j'ai traversée m'a tellement appris, et m'a tellement marquée.

Ça, c'était une vraie traversée de rivière, et même si je n'en ai pas remarqué la beauté sur le coup, je sentais le lien, je ressentais les choses tellement puissamment que j'étais sur la défensive. J'étais dans la colère car je n'avais plus un total contrôle sur ce que je ressentais, ce que je faisais, et ce que je pensais. Cette personne a fait battre mon cœur comme jamais personne ne l'avait fait battre auparavant.

Je me répète sans doute. Les schémas de pensée sont toujours ressassés, alors ne pas en parler est difficile pour moi. C'est surtout que c'est une période très importante à mes yeux.

Plus de deux ans après, tu te rends compte ?

Et ça fait trois ans que je l'ai rencontré.

Alors, il faut croire que la soi-disant date d'expiration de l'amour n'existe pas, quand il s'agit du vrai.

Si tu savais comme j'ai pu aimer. Je voudrais le crier sur tous les toits, mais aucun vocabulaire n'est assez fort pour le décrire. C'est pour ça que les gens peuvent mentir, mais que le cœur jamais. C'est pour cela que les sentiments existent, c'est quand je ressens ce que je ressens à chaque pensée allant à son encontre que je sais que j'existe, et que le concept d'amour aussi.

Que lui existait.

Que nous existions.

Dans ses bras j'étais la plus heureuse, je me sentais au paradis, et ce sentiment de sécurité me manque à présent. Je sais qu'à jamais mon cœur aura trouvé sa raison de battre, qu'à jamais je voudrais le protéger.

Le mystère qu'il reste maintenant à élucider, c'est est-ce que mon cœur réussira à battre pour quelqu'un d'autre.

La deuxième rivière ?

Je comprends que tu te poses des questions. J'ai bien dit qu'il y en avait deux, pourtant, je ne parle que de la première. En tout cas, en termes d'amour.

« Dis-moi comment savoir que l'amour est vrai », et bien voilà, je pense avoir apporté un bon élément de réponse.

Ça me fascine que tu restes encore là, à m'écouter. Pourquoi est-ce que tu ne pars pas ?

Enfin, je pense que je commence à comprendre pourquoi. Tu es incroyable, tu as quelque chose de vraiment spécial, mais je ne saurais dire quoi.

Veux-tu entendre la suite de l'histoire ?

Je t'avoue que je perds un peu pied, tu me déstabilises.

Mille étoiles bougent dans mon cœur et éclairent mes pensées. Si chaque étoile brille si intensément que le dévoile l'univers, alors notre relation était une constellation. La plus magique.

C'est un sujet de conversation que je ne peux clôturer, je ne le pourrais jamais, mais je peux l'occulter, et le mettre de côté, car c'est la seule chose qui est à ma portée…

« La Reine se fait discrète
Son royaume s'effondre
Tandis que le destin se joue de l'as

Son cœur demeure inerte
Et n'a réussi à se fondre
Restant de marbre et d'acier
Enfouie au fond du palace

Sa pierre frôlant l'acier
Qui se confronte au chevalier
Risque la perte de son roi
Parti dans les profondeurs des abysses
De l'océan dans lequel elle se noie

Il faut dire que la Reine,
Aussi belle et puissante,
Se condamne dans sa peine,
Follement fade et étouffante

Dès lors que la princesse,
Dans son allure de déesse,
Passa la sortie du château,
Un poignard s'y dirigea,
Faisant taire tous ses mots,
Un coup sanglant, pris d'assaut,
D'un pas vraiment maladroit,
Faisant naître tous ses maux

Le prince partant d'une façon si brutale
Lui dit « au revoir » une fois finale
Finis en assénant un coup fatal

C'est la fin de ce putain d'amour létal »

La Reine
5 janvier 2021

Je le conçois, ce n'est pas très bien écrit. Tu te demandes sans doute ce que c'est, n'est-ce pas ? Et bien, lorsque j'ai tout gâché, lorsque nous n'étions pas prêts et que tout c'est terminé, c'est le premier vrai poème d'amour que j'ai écrit. Il est certes très maladroit, naguère mon style était bien plus brut que maintenant.

J'ai toujours aimé les poèmes, j'aime leur façon d'aborder notre environnement, j'aime la poésie dans ce monde. Pour moi, tout à une valeur poétique. Les nuages en ont une.

Les alexandrins sont précieux à mes yeux. Les métaphores sont plus véridiques que n'importe quel propos, le plus sincère soit-il. Je ne t'expliquerai pas ce poème, parce que s'il y a des choses à dire dessus, alors tu les découvriras par toi-même.

Oui.
La poésie est une réelle thérapie.
C'était l'apaisement de la douleur, après avoir traversé ma première rivière dont l'eau était si glacée.

Temps 5

Karma

Après avoir réalisé mon erreur, la deuxième traversée aurait dû bien se dérouler, non ?

Il faut croire que ça ne tenait pas qu'à moi. Dans une relation, les deux personnes peuvent être fautives, ou l'une d'elle, mais ce n'est pas toujours celle que l'on croit.

Après avoir vécu l'amour pour la première fois, j'ai voulu éviter les ratés et faire complètement l'opposé. Si j'avais fait ainsi pour traverser la première, alors je ferais l'inverse pour la deuxième. Si j'avais plongé trop doucement en restant sur mes craintes, alors maintenant, je saute sans hésiter, sans me poser de questions, sans prendre en compte mes peurs, comme si ces dernières n'existaient pas.

Si mes agissements avaient été mes torts, alors les changer totalement aurait dû être le bon choix. Ça aurait dû fonctionner.

Te rappelles-tu du fait de se battre pour quelqu'un, mais sans se négliger ? Du fait de trier un vrai combat, d'une rivière au liquide toxique qui nous empoisonne à petit feu à mesure que l'on s'évertue à y rester ?

Il faut croire que faire la différence n'est pas si évident. D'où l'importance de prendre du recul sur la situation. Ne surtout pas hésiter à remettre certaines choses en question, sans tomber dans la paranoïa. En fait, il faut juste se respecter, s'écouter et prendre soin de soi.

Une relation est faite pour te faire évoluer, te remettre en question, t'aider à affronter tes peurs et te confronter à tes propres défauts pour les améliorer.

Une relation ne doit pas te détruire, ne doit pas te faire perdre ta confiance, ni t'humilier ou te faire sentir inférieur à quiconque.

Elle doit t'emmener voir les anges pour caresser leurs ailes s'ils sont d'accord, faire un cache-cache dans les nuages même, et bien sûr, monter au septième ciel si l'envie nous prend.

D'ailleurs, les bienfaits d'une relation ne sont pas censés être en sens unique. Si une seule personne tire profit de la situation, alors cela crée un déséquilibre, et une histoire déséquilibrée finit toujours mal. L'un finira par souffrir, ou même être dépendant, l'autre aura la volonté, consciente ou non, d'écraser l'autre.

La deuxième rivière m'a appris. Elle m'a appris à me recentrer sur moi, et à faire passer mes besoins avant ceux des autres. Ou du moins, à ne pas m'oublier totalement.

Il faut trouver ce juste équilibre.

Quand tu l'as trouvé, tu deviens à même de construire une relation saine.

En fait, je comprends que ça puisse être étrange de se dire qu'il y a des efforts à faire, surtout si c'est la bonne personne. On peut se demander pourquoi changer des choses, pourquoi devoir y mettre du nôtre si c'est le vrai amour ? On pourrait avoir tendance à penser que tout devrait se faire naturellement, alors pourquoi ce n'est pas le cas ?

Tout simplement parce que comme je viens de le démontrer, le « vrai amour » doit t'apprendre quelque chose et te faire évoluer.

Comment s'est terminée cette traversée de rivière ? À force d'épuisement, nos deux cœurs se sont séparés. Le mien a été abandonné. La lassitude dans une relation, ça ne pardonne pas. Si une seule personne veut se battre, alors l'élan du début ne suffira plus comme seul espoir et tout tombera en piqué. C'est ce qu'il s'est passé.

Pour ma santé, je ne pouvais plus me battre seul sur une issue stérile sans surprise. Ce n'était qu'une question de temps avant notre fin, *ou ma destruction.*

Pour tenter de sauver la situation, j'ai beaucoup écrit : des lettres, des messages, des explications, des débats. Une lettre en particulier, et quand j'ai vu qu'elle n'avait pas d'importance aux yeux de l'autre, alors j'ai commencé à comprendre à quoi tout cela rimait.

J'étais seulement enfermée dans un déni de « *avec le temps, ça va changer* ». Le temps peut faire beaucoup de choses, mais il ne peut faire de réels miracles, ni changer la nature profonde de quelqu'un.

Avec toutes les choses dont nous avons parlées, est-ce que, en te souvenant de ton passé, tu as pu revenir sur certaines situations qui étaient arrivées ? Est-ce que tu imagines que les choses auraient pu se dérouler différemment ?

Si tu le veux bien, j'aimerais que tu me racontes ton pire souvenir sur les rivières, puis ton meilleur ?

Est-ce que tu regrettes d'en avoir vécu un ?

Lequel ?

...

Temps 6

Rencontre

Ça fait un moment qu'on discute, ça te dirait qu'on aille prendre un café, chocolat chaud, jus d'orange ou ce que tu veux ? Je connais un endroit sympa, mais je t'avoue n'y avoir jamais emmené personne.
Sauf toi, si nous y allons.
C'est un endroit dans lequel j'ai l'habitude de me réfugier seule pour mettre de l'ordre dans mes pensées, et boire un peu fait toujours du bien.
J'adore sentir l'odeur du vent frais comme ça !
Ça te dit ? Se poser, prendre du temps pour nous. Faire un break avec nos émotions fortes. Toute la haine, la tristesse, les remords, la rancune, tout cela on les met de côté et on se pose rien qu'à deux.

Prends une grande inspiration.

Pense au souvenir le plus heureux que tu pourrais avoir.
Ferme les yeux, et ouvre-les quand tu le souhaites.

Ça va un peu mieux ? Comment tu te sens ?
Quelles que soient tes peurs, laisse-les de côté. Je suis avec toi en ce moment, et je te le promets, rien ne peut t'arriver.
Nous y allons ?
Ça va te sembler étrange, mais j'ai le sentiment que rien ne peut nous arriver maintenant. J'ai le sentiment que je peux te protéger s'il le faut, et je le souhaite. Je n'ai pas envie qu'il t'arrive quoi que ce soit.
En fait, je pense qu'au fil de la conversation, je me suis fortement attachée à toi, tu es une personne très touchante.
Je veux te faire aimer la vie. Je veux te montrer comme elle est belle, comme tu es incroyable. Comme tu mérites ta place, comme tu es totalement légitime de vivre, d'être aimé, de faire ce que tu veux et d'être ce que tu es.

C'est fou.
Au départ, j'avais juste envie de venir te parler, mais maintenant, je n'ai pas envie que cela s'arrête un jour. J'aimerais rester à tes côtés.
Enfin, je ne vais pas parler de ça, pas tout de suite. Et fais attention où tu marches, je ne voudrais pas que tu trébuches sur les pavés. *Même si j'en rigolerais sûrement.* Nous sommes bientôt arrivés, tu verras que la devanture est magnifique. Elle est très discrète parce qu'elle demeure très vieille d'apparence, alors qu'en réalité elle est entretenue pour ressembler à cela. Les bords de fenêtres sont recouverts d'or et la porte est en bois massif. C'est un endroit très cosy, je suis sûr que tu t'y sentiras bien.

Je le sens.

...

Le voilà.
Bienvenue dans mon endroit préféré sur terre, ce simple café. Où aimerais-tu t'installer ? Tu sais quoi ? Je te suis, choisis l'endroit que tu veux.

Ici ? Alors c'est parti.
Admire le décor, comment le trouves-tu ? Est-ce que c'est comme tu l'imaginais ? La table en bois est légèrement usée, mais je trouve que ça rend l'endroit davantage charmant. Tiens, je te laisse regarder la carte, choisis ce que tu veux ! Fais toi plaisir, tu as le droit. Prends ce dont tu as envie.

Il y a quelque chose que j'aime beaucoup, c'est l'étagère avec toutes les peluches dans le fond à gauche. Ça donne un petit côté enfantin, mais justement, c'est naïf, et c'est agréable dans notre monde un peu brusque.

– Bonjour ! Que souhaitez-vous prendre ?

Je te laisse parler d'abord.

...

Je vais prendre la même chose s'il-vous-plaît !

Je te fais confiance. Ça me fait plaisir de prendre un verre avec toi.

Le reflet de la lumière dans tes yeux est incroyable. Tout est vraiment splendide chez toi.

J'ai une question : aimes-tu ce que tu es ? Est-ce que tu as gagné ou perdu confiance en toi au fil des années ? Je pense que c'est une question importante pour prendre du recul sur notre vie, faire le point est nécessaire. Nous prenons du recul sur certaines situations, et ça évite de dramatiser, de nous enfermer dans des schémas infernaux.

Est-ce que tu vas un peu mieux désormais ?

Est-ce que tu as pu comprendre certaines choses ?

Il ne reste plus qu'à attendre notre commande, comment te sens-tu ?

Veux-tu me raconter des souvenirs, ton histoire ?

Je t'écoute.

Temps 7

Départ

As-tu déjà ressenti le manque d'une personne ?

Ce sentiment destructeur, qui te pourrit l'intérieur de ton cœur. Un vide qui se fait ressentir sans possibilité de réanimation. Un sentiment douloureux qui te prend aux tripes et t'empêche de respirer, qui vient s'en prendre jusqu'à ton propre souffle.

Être en manque d'une personne, ce n'est pas comme être en manque de drogues en tout genre comme certains se plaisent à le penser. On ne peut pas régler le manque de quelqu'un avec de l'argent ou toute autre chose futile. Seule la personne en elle-même peut nous permettre de ne plus ressentir ce manque.

Évidemment, tu peux essayer de le combler de toutes les manières que tu le souhaites, mais tu ne seras jamais pleinement satisfait. Parfois c'est même pire, tu es faussement heureux et tu es dans le déni de ton propre malheur.

Vient alors ce qu'on appelle le « pansement », c'est quelque chose, mais en général surtout quelqu'un, qui va venir dans un premier temps combler le vide qui a été laissé par quelqu'un d'autre précédemment.

Avec des attentions, de la gentillesse, cette personne va prendre soin de toi comme tu en avais besoin. Elle va répondre à tes attentes, elle va être présente pour toi.

Que demander de plus ?

Mais ce n'est pas infini. Tu risques par la suite d'être dans la dépendance de ce moment, car une fois qu'il se détache un peu, que tu le vois moins, tu souffres. Tu n'as plus cette assurance d'avoir du soutien ; ce qui arrive souvent, c'est qu'après, tu te sentes seul, la solitude va te peser tel une énorme haltère au poids démesuré. Dès la moindre baisse d'attention, tu t'en verras maussade, jusqu'à l'extinction totale de joie.

Au bout d'un moment, tu vas te retrouver, et tu n'auras plus besoin de pansement, alors tu vas t'en détacher, tu vas te lasser. Est-ce que tu seras mieux pour autant ? À toi de le voir, mais l'autre, en tout cas, lui va souffrir.

Tragique n'est-ce-pas ?

Je n'ai pas vraiment de conseil à te donner, je pense qu'il faut apprendre à vivre avec, peut-être qu'un jour ça passera, peut-être que non.

Je sais que ça peut paraître bien de prendre un pansement, mais ça ne l'est clairement pas, personne ne doit être le pansement de quelqu'un d'autre, c'est néfaste pour les deux partenaires, et ça développe ta dépendance affective. C'est justement à éviter.

Quand tu t'attaches rapidement à quelqu'un après une déception, demandes-toi bien si cette personne fait office de pansement pour toi avant de te lancer dans une relation sérieuse.

Si je te dis tout ça, c'est par prévention. Je veux que ta vie soit remplie de joie et de bonnes expériences, tu comprends ? Mais tu feras dans tous les cas tes propres expériences. Je pense que je commence à stresser un peu. Je me sens un peu étrange.

À mon avis, tu as déjà vécu toutes les choses que j'ai évoquées, ou du moins une bonne partie. Le principal, c'est que tu t'en sois relevé. La preuve de ta force, c'est que tu es encore là, aujourd'hui, et que tu prends la peine de m'écouter malgré ce que tu as pu vivre.

J'ai l'impression que l'on se ressemble plus que ce que je ne le pensais. On a vécu des choses semblables, et je me sens proche de toi.

Tu sais quoi ? J'ai appris de l'amour, mais je pourrais en apprendre encore plus, même si j'ai peur de m'y risquer une nouvelle fois.

Même si je crains de traverser une rivière pour la troisième fois. Comment sera-t-elle ? Tumultueuse ? Calme ? Lunatique ?

Froide ? Légère ? Je ne pourrais le savoir que si je me risque à son courant.

Et toi alors.
As-tu déjà traversé une rivière ?

As-tu envie d'en traverser une, là maintenant ?
Je dois t'avouer quelque chose. Je parle et parle encore pour combler l'espace que je veux t'offrir, mais depuis que je t'ai vu, je ne t'ai pas lâché des yeux. J'ai longuement hésité, mais je suis venue te parler. Tu m'as rappelé ce que c'était de sentir son cœur battre.
Oui, depuis que je t'ai croisé, ma seule envie était de te revoir chaque jour, et d'être la personne qui te rendrai ce sourire que tu as affiché quelques fois.
Je viens d'avoir un nouveau rêve.

Dès que je t'ai vu, j'ai su.
Je suis sûr que tu comprends maintenant, que tu comprends pourquoi je t'ai parlé de tout ça.

Je t'aime.

Remerciements

Un premier livre terminé et publié ?

Vraiment ?

Je peine encore à réaliser la vérité, mais je la savoure quand même, petit à petit. Et tout ça, je le dois à plusieurs personnes, dont je vais honteusement faire l'éloge pour flatter leur égo, car ils le méritent bien.

Tout d'abord, merci à Clément qui a toujours cru en moi, qui s'est très régulièrement tapé la correction de mes travaux (oui oui), qui est un ami formidable et qui m'a boosté pour que je ne perde jamais confiance en moi. Du début jusqu'à la fin, tu ne m'as jamais lâchée, et je t'en suis très reconnaissante. Je repense aux appels vidéos où l'on se prenait la tête avec la relecture…

Un immense merci à Octave, pour l'avis constructif, à me montrer les erreurs, quand j'étais too much dans mes mots et dont les flatteries m'ont touchées (ce n'est peut-être pas vrai, mais faisons comme ci, personne n'en saura rien, peu de gens lisent les remerciements). Haha.

À Mathias et ses superbes illustrations.

Je vais évidemment remercier ma famille, mes proches qui ont été mes premiers fans, mon copain qui n'a jamais lu ces lignes, et ne va probablement pas lire celles que j'écris actuellement, mais ce n'est pas grave, on l'aime quand même. À mon frère qui a aussi été une source d'inspiration.

Je remercie tous mes amis qui ont participé au soutien que j'ai reçu, aux inconnus sur les réseaux qui ont suivi mon travail jusqu'au bout, sans pour autant me connaître moi, ceux qui l'ont découvert en cours de route et m'ont tout de suite encouragée ; à tous ceux qui m'ont envoyé des messages si gentils qu'ils m'ont parfois mis les larmes aux yeux (oui oui *bis*).

Aux personnes qui m'ont inspiré ce texte – comme quoi la douleur, ça peut servir ! Sans rancune, sans colère.

Et enfin, à tous ceux qui ont permis la réalisation de ce projet en soutenant ce dernier financièrement, je vous dit un grand MERCIIIIIII.

C'était @lolclaci, ou Lola Gottrand, comme vous préférez, à vous les studios.